los **tres** cerditos

the **three** little pigs

Published by Scholastic Inc., 90 Old Sherman Turnpike, Danbury, Connecticut 06816,
by arrangement with Combel Editorial.

ISBN 0-545-02101-4

This product is available for distribution only through the direct-to-home market.

12 11 10 9 8 7 6 5 4 3 2 1   6 7 8 9 10 11/0

Printed in the U.S.A.

First Scholastic printing, May 2007

los **tres** cerditos

the **three** little pigs

Adaptación/*Adaptation* Darice Bailer

Ilustraciones/*Illustrations* María Rius

Traducción/*Translation* Madelca Domínguez

SCHOLASTIC INC.

New York Toronto London Auckland Sydney
Mexico City New Delhi Hong Kong Buenos Aires

Había una vez tres cerditos que eran muy amigos. Pasaban todos los días juntos, hasta que llegó un día en que tuvieron que separarse y cada uno tomó su camino.

—∞∞—

Once upon a time there were three little pigs who were best friends. They spent every day together, but soon it was time for them to part ways and go off on their own.

Cuando los tres cerditos se estaban despidiendo, vieron un lobo feroz en el bosque.

—¡Tenemos que tener mucho cuidado! —dijo uno de ellos—. Debemos construir tres casas fuertes para protegernos del lobo.

———————

As the three little pigs said good-bye, they saw a big, bad wolf in the forest.

"We'd better be careful!" one pig warned. "We should build three strong houses to keep that wolf out!"

La idea de enfrentar con el lobo feroz ellos solitos asustó a los tres cerditos.

—Tienes razón —dijo otro de los cerditos—. Debemos construir nuestras casas lo más pronto posible.

Así que los tres se fueron a construir sus casas.

The thought of facing the big, bad wolf alone scared the little pigs.

"You're right," said the second pig. "We'd better build our new homes quickly."

So the three little pigs set off to do just that.

El primer cerdito encontró a un hombre que vendía paja. Le compró suficiente paja para construir una casa. El cerdito trabajó todo el día hasta que su casa de paja estuvo construida.

The first little pig met a man selling bundles of straw. He bought enough straw to build an entire house. The little pig worked all day putting his house of straw together.

El segundo cerdito encontró a un hombre que vendía madera. Le compró una gran cantidad de madera y se puso a aserruchar y clavar hasta que su casa estuvo construida.

—⚬⚬⚬—

The second little pig met a man selling wood.
He bought a great big pile of wood and then sawed
and hammered it together until his house was done.

El tercer cerdito encontró a un hombre que llevaba ladrillos.

"Los ladrillos servirán para que el lobo feroz no pueda entrar a mi casa", pensó el cerdito.

Compró los ladrillos y los colocó uno encima del otro hasta que su casa estuvo construida.

The third little pig met a man carrying a load of bricks.

Bricks! *thought the third pig.* This is sure to keep the big, bad wolf out.

He bought the bricks and layered them on top of each other until his house was built.

Muy pronto, el lobo encontró la casa del primer cerdito y tocó a la puerta.

—¡Cerdito, cerdito, déjame entrar! —dijo el lobo.

—¡No, que me vas a comer! —respondió el cerdito.

—¡Entonces soplaré y soplaré y la casa derrumbaré! —dijo el lobo, y así lo hizo.

Soon the wolf found the first pig's house and knocked on the door.

"Little pig, little pig, let me come in!" the wolf said.

"Not by the hair of my chinny chin chin," the pig cried.

"Then I'll huff and I'll puff and I'll blow your house in!" the wolf said—and did!

La casa de paja se derrumbó y el cerdito muy asustado corrió a la casa del segundo cerdito. Pero el lobo feroz lo siguió.

The straw house fell right apart and the frightened little pig scrambled off to the second little pig's house. But the big, bad wolf was right behind him!

—¡Cerditos, cerditos, déjenme entrar! —dijo el lobo feroz.

—¡No, que nos vas a comer! —respondieron los cerditos.

—¡Entonces soplaré y soplaré y la casa derrumbaré! —dijo el lobo, y así lo hizo.

La casa de madera se derrumbó.

"*Little pigs, little pigs, let me come in!*" *the hungry wolf said.*

"*Not by the hair of our chinny chin chins!*" *cried the pigs.*

"*Then I'll huff and I'll puff and I'll blow your house in!*" *the wolf said—and did!*

The wood house tumbled right down.

Los dos cerditos corrieron muy asustados a la casa del tercer cerdito.

—¡Cerditos, cerditos, déjenme entrar! —dijo el lobo.

—¡No, que nos vas a comer! —respondieron los cerditos.

—¡Entonces soplaré y soplaré y la casa derrumbaré! —dijo el lobo, y así lo hizo.

La casa de ladrillos no se derrumbó. Así que el lobo feroz se subió a la chimenea.

The two pigs quickly ran to the third pig's house.

"Little pigs, little pigs, let me come in!" the wolf said.

"Not by the hair of our chinny chin chins!" the pigs shouted.

"Then I'll huff and I'll puff and I'll blow your house in!" the wolf said.

The brick house was too sturdy for the wolf to blow down. So the big, bad wolf climbed up the chimney instead.

—Ya sé lo que debemos hacer —dijo el tercer cerdito y colocó una olla de agua caliente encima del fuego.

El lobo feroz bajó por la chimenea y se cayó en la olla de agua caliente. Aullando de dolor, el lobo se fue corriendo y nunca más volvió a molestar a los tres cerditos.

"I know what to do!" the third pig said, and he hung a kettle of hot water over the crackling fire.

The big, bad wolf slid down the chimney—and landed in the boiling water! Howling in pain, the wolf ran away, never to bother the three little pigs again.